Y

LES

# PRÉDÉCESSEURS

## DE MILTON

EMMANUEL DES ESSARTS

# LES
# PRÉDÉCESSEURS
# DE MILTON

## DISCOURS D'OUVERTURE

**Prononcé à la Faculté des Lettres de Clermont**

( COURS DE LITTÉRATURE ÉTRANGÈRE )

## CLERMONT-FERRAND
**IMPRIMERIE ET LITHOGRAPHIE DE DUCROS-PARIS**
Rue Saint-Genès, 5

1874

# DISCOURS D'OUVERTURE

PRONONCÉ A LA FACULTÉ DES LETTRES DE CLERMONT

## (Cours de Littérature étrangère)

———————◆◆◇◆◆———————

Ce n'est pas sans une légitime émotion que j'aborde aujourd'hui l'enseignement des littératures étrangères. Naguère encore je déroulais devant un autre auditoire les merveilles de notre poésie française et j'éprouvais, je l'avoue, une joie profonde et patriotique à proclamer les beautés trop souvent méconnues de notre littérature nationale. Malgré tout l'intérêt que m'inspirent les littératures des peuples voisins si riches aussi, si largement ouvertes aux explorations de l'étude et de la curiosité, malgré tout le plaisir que je ressens à pouvoir m'entretenir d'un Dante ou d'un Schiller avec un public tel que le public de cette ville dont l'attention, je le sais, soutient le professeur et dont le suffrage est fait pour l'honorer, je croirais manquer à une dette de piété filiale si je n'adressais, en commençant, à notre littérature maternelle un salut de regret et d'adieu, semblable à ce pieux souvenir, que sur le vaisseau qui s'éloignait Marie Stuart voulut dédier à notre plaisant pays de France. Permettez-moi donc, avant d'inaugurer mon enseignement parmi vous, de le mettre en quelque sorte sous l'invocation des chères muses de notre patrie.

Aussi bien quand les œuvres du génie germanique ou néo-latin offriront quelque analogie, frappante ou fugitive, avec les productions de nos écrivains, c'est avec un plaisir bien vif que je noterai cette précieuse analogie, heureux quand il me sera donné, dans nos excursions à travers l'Europe, de pouvoir, au moins pour quelques instants, chercher et retrouver la France, heureux surtout quand il me sera permis, en toute justice et en toute sincérité, de l'applaudir au passage et de l'admirer, cette héritière de Rome et d'Athènes, dans ses monuments de gloire et dans ses titres d'excellence.

## I

J'ai pris à tâche, pour la fin de cette année, de vous parler de Milton, de sa vie et de ses œuvres. Malgré mon goût prononcé pour ce poète et ma fervente admiration pour le génie poétique de l'Angleterre, je n'ai pas adopté ce sujet sans quelque hésitation. En effet, de même qu'il n'est pas rare dans les contes de jadis de voir un personnage fort embarrassé quand il est mis en demeure de choisir entre plusieurs chemins, on peut comprendre l'indécision d'un débutant dans cet enseignement copieux et multiple qui comprend au moins les richesses intellectuelles de quatre peuples. L'option m'était laissée entre quatre grandes routes de la pensée humaine, deux m'attiraient au nord, deux autres au midi. Or il eût été vraiment téméraire de tenter de prime abord la littérature espagnole et d'affronter ainsi le récent souvenir du maître éminent qui, du haut de cette chaire, vous parlait avec autant d'autorité que d'éclat de ce Calderon et de ce Lope de Vega dont il s'était institué le compatriote par le double privilége du savoir et du talent (1). De même mon docte prédécesseur vous avait il y a peu de temps entretenu de l'Allemagne; il ne me restait donc réellement à choisir qu'entre les séductions de l'Italie et l'attrait plus voilé mais si captivant de la pensive Angleterre. C'est à cet attrait qu'en fin de compte je me suis arrêté pour le moment, laissant les autres littératures, non sans intention de retour, pour vous inviter avec moi à un de ces voyages de l'esprit en terre un peu lointaine où pour le guide, ainsi que pour ceux qui le suivent, se découvrent plus d'une fois des horizons nouveaux et des perspectives imprévues, comme en un sentier bordé de rochers apparaît au loin, dans un bref et lumineux intervalle, tout l'azur inattendu de la vaste mer.

Une autre raison m'a encore décidé dans mes préférences pour la littérature anglaise. Ni les grands poètes, ni les hommes d'un rare talent n'ont fait défaut aux autres peuples modernes; mais depuis la Grèce et Rome deux races seulement ont possédé le privilége d'une poésie inépuisable, sans cesse rajeunie et renouvelée, se continuant à travers les siècles comme ces chaînes dont parle Eschyle qui se rejoignaient et se reliaient par des signaux de flamme. Je veux parler de ces deux races française et anglaise qui, du xve siècle jusqu'à nos jours, semblent n'avoir pas connu d'interruption entre les métamorphoses de leurs poésies. L'Angleterre n'a jamais comme l'Allemagne ou l'Italie subi les saisons de stérilité. Aussi mérite-t-elle à ce titre plus

(1) M. Baret, doyen de la Faculté des Lettres de Clermont, actuellement inspecteur de l'Académie de Paris.

qu'aucune autre nation étrangère la sympathie studieuse
et l'admiration réfléchie de tous ceux qui considèrent le don
poétique comme le plus précieux et le plus élevé qu'ait
pu recevoir un peuple, et la perpétuité de ce don comme
un signe de noblesse native et de divine supériorité. J'ai
donc élu pour mes débuts dans cette chaire la littérature
anglaise et déterminé pour sujet spécial de mon cours
l'œuvre épique et lyrique de Milton comme achevant et
concluant pour ainsi dire la première moitié de cet en-
chaînement de pièces et de drames qui composent la poésie
de l'Angleterre.

## II.

Dans la Grande-Bretagne, de même que partout ailleurs
au Moyen-Age, le sentiment poétique précéda l'avénement
de la poésie qui selon nous ne naît qu'avec l'art, à l'heure
où l'idée mûrie et la forme précisée s'unissent dans un har-
monieux hymen. Jusque-là l'on ne démêle qu'essais et
tâtonnements où le génie d'une race se cherche sans parvenir
encore à s'atteindre et à se fixer. Mais de telles recherches
offrent un spectacle curieux, touchant même, auquel on
n'assiste jamais sans émotion, tant on aime à se reporter aux
humbles commencements de tout ce qui doit grandir. Si l'enfance d'un être est charmante, quel attrait, quelle invitation
sacrée dans l'enfance de l'être collectif qui s'appelle une
poésie !

Le sentiment poétique devait se révéler en Angleterre dès
que la race saxonne fut formée en corps de nation, et se
développer singulièrement, quand l'alluvion des conqué-
rants, l'invasion normande, se trouva en présence des anciens
possesseurs du sol. Ce sentiment existait en germe chez ces

peuplades fières et farouches qui résistèrent aux vainqueurs de l'univers et portèrent jusqu'à la Ville éternelle les noms de Galgacus et de Boadicée. Il se dégageait du paysage qui recélait toute la triste et pénétrante magie des sites septentrionaux avec son ciel brumeux, ses grands fleuves, ses lacs, ses vieilles forêts impénétrables, paysage fait pour émouvoir d'une crainte mystérieuse les Romains eux-mêmes, les Romains d'Agricola, quand, à leur arrivée dans la Grande-Bretagne, ils regardaient au-dessus d'eux et autour d'eux cette nature qui leur était inconnue (1). Le sentiment poétique respirait encore dans ces mœurs déjà féodales fondées sur le dévouement et l'absolu mépris de l'existence, dans ces chants belliqueux et barbares dont les rares fragments éclatent avec un fracas d'images entrechoquées et répercutent, pour ainsi dire, les bondissements des âmes lyriques (2). Il s'épanouit surtout dans cette admirable éclosion d'enthousiasme et de ferveur qui signala l'établissement du Christianisme en Angleterre, quand « ce pays des anges », selon la parole de Grégoire-le-Grand, envoyait Boniface, l'évangile à la main, opérer la conquête spirituelle de la Germanie, ressuscitait, avec Dunstan, la courageuse franchise des prophètes hébreux et ouvrait cent monastères comme autant d'asiles aux reliques suprêmes des lettres antiques. Malgré la rude ignorance du peuple saxon, sous l'influence de cette foi toujours active, le roi Alfred élevait avec lui la poésie sur le

(1) Trepidos ignorantiâ, cœlum ipsum, mare et silvas, ignota omnia circumspectantes (Tacite, Agricola, cap. 32),

(2) Ainsi Bossuet nous a fait remarquer que le style des cantiques hébreux « propre à représenter la nature dans ses transports, marche » pour cette raison par vives et impétueuses saillies. » (Discours sur l'histoire universelle. 2e partie, chap. III.)

trône et comme un sage de la Grande-Grèce formulait ses
lois en rhythmes, tandis qu'un illettré de la veille, un pâtre
obscur, nommé Cœdmon, poussé par l'exaltation mystique,
s'improvisait poète en une nuit, et par ses inspirations brû-
lantes et saccadées saisissait du premier coup l'âpre accent
de la Bible et devançait la grave véhémence de Milton. A la
même époque le prélat Adlhem s'établissait sur le pont de
sa ville épiscopale et y chantait des poésies religieuses pour
prendre les passants à ce charme mélodique. Voyez avec
quelle sauvage énergie Cœdmon décrit la chute des guer-
riers de Pharaon : « L'armée fut engloutie ; ils criaient d'une
» voix défaillante jusqu'à la nuit ténébreuse. Avec un affreux
» frémissement la fureur de l'Océan se déchaînait, réveillée
» de son sommeil. Les terreurs se levaient et les cadavres
» roulaient. » Ce n'est pas seulement par ces cris sublimes
que le sentiment poétique se fait jour chez les Anglo-saxons ;
il se trahit aussi par des accents de tendresse que la religion
nouvelle n'est pas moins propre à susciter. Écoutons cette
parabole que nous a fait connaître Augustin-Thierry, pieux
apologue d'un chef saxon qui plaide pour le Christianisme :
    « Tu te souviens, peut-être, ô roi, d'une chose qui arrive
» quelquefois dans les jours d'hiver, lorsque tu es assis à
» table avec tes comtes et tes thanes. Ton feu est allumé et
» ta salle chauffée, et il y a de la pluie, du vent, de la
» neige et de l'orage au dehors. Vient alors un passereau
» qui traverse la salle à tire d'aile ; il est entré par une porte,
» il sort par une autre ; ce petit moment, pendant lequel il
» est dedans, lui est doux ; il ne sent point la pluie ni le
» mauvais temps de l'hiver ; mais cet instant est court,
» l'oiseau s'enfuit en un clin d'œil, et de l'hiver il repasse
» dans l'hiver. Telle me semble la vie des hommes sur la
» terre, en comparaison du temps incertain qui est au-delà.
» Elle apparaît pour peu de temps ; mais quel est le temps

» qui vient après le temps qui est avant? Nous ne le savons
» pas. Si donc cette nouvelle doctrine peut nous apprendre
» quelque chose d'un peu plus sûr, elle mérite qu'on la
» suive ! » (1).

Toute la grâce mélancolique de la muse anglaise se laisse
pressentir dans cette fiction d'un barbare. Cependant tous
ces accès d'inspiration n'eussent pas fait naître une poésie
sans la venue d'une race plus cultivée.

Mais voici l'irruption normande, et la poésie naissante de
l'Angleterre semble un moment succomber avec la race
asservie et ne pouvoir se relever du désastre et de la mort
d'Harold, le vaincu d'Hastings. Hastings, une victoire française ! car les Normands, très-rapidement assimilés à nos
ancêtres, étaient en très-peu de ...nps devenus de véritables
Français par la langue, les mœurs, le costume et le goût
d'une clarté précoce et d'une élégance relative. Ils s'étaient
donnés avec ardeur à cette émulation de l'architecture religieuse qui saisissait fortement les hommes de cette époque
et entre le roman et le gothique qui allaient venir ils avaient
créé le style auquel devait s'attacher leur nom. Aux Saxons
qui n'avaient en partage que l'instinct puissant mais confus
de la poésie ces Français de Normandie apportèrent les
rudiments du goût et de la culture, les linéaments de l'art
sans lequel la poésie n'existe pas. La chanson de Roland
avait suivi les Normands en Angleterre : elle les avait précédés sur le champ de bataille, lancée d'une voix retentis-
sante par le jongleur Taillefer qui chantait et combattait au
premier rang.

Les Normands implantaient avec eux les romans de chevalerie et les chansons de geste, une foison de prouesses

(1) A. Thierry, Conquête de l'Angleterre par les Normands, 1,81.

merveilleuses célébrées par leurs trouvères, un Charlemagne,
un Arthur, un Merlin fabuleux mais épiques, des héros à
chanter et des poèmes avec des rimes euphoniques et des
rhythmes mesurés, c'est-à-dire le commencement de l'art.
Leur poète principal, Robert Wace, l'inventeur du roman
de *Rou*, possèdera d'une façon très-grossière et en dimi-
nutif, mais enfin il possèdera les qualités essentielles et
classiques de tous les maîtres depuis les Grecs jusqu'aux
plus illustres modernes, la domination du poète sur la
forme, le pouvoir d'exprimer tout ce que l'on veut dire, en
un (mot la certitude (1). Bien incomplète encore, cette poésie
française du moyen-âge qui n'est point parvenue à la pure
région de l'art s'en approche toutefois et s'en avoisine
par l'instinct de l'harmonie entre le sentiment et l'expres-
sion que Charles d'Orléans, Villon et les deux Marot amé-
neront successivement plus près des dernières limites, que
les hommes de la pléïade transformeront chez nous en
notion véritable et première possession de cette souveraine
harmonie.

## III.

Ainsi le sentiment poétique plus profond de la race
saxonne, le sentiment artistique plus développé des conqué-
rants de provenance française formèrent d'abord un saisis-
sant contraste, mais ils devaient arriver à se fondre par le
rapprochement et le mélange des deux races et à produire

(1) Voir dans son *Roman de Brut* le remarquable combat d'un
héros et d'un géant, cité (p. 303) dans la *Biographia britannica lite-
raria* de F. Wright. (anglo-norman period.) 1846.

une poésie bien construite à l'époque décisive,de la Renaissance. Toute la période intermédiaire entre la fin du xi°
siècle et le commencement du xvie comprend cette lente
éducation du génie natif de la race anglaise par le génie plus
concerté des vainqueurs. Tandis que les vieilles chansons
saxonnes se réfugient avec l'outlaw dans les retraites indé-
pendantes des bois ou se mettent à l'abri dans les mémoires
populaires, toute une civilisation française fleurit au-dessus
des deux peuples de plus en plus réconciliés. Ce ne sont pas
seulement alors des monastères qui se prêtent à la science ;
ce sont des écoles que les princes normands multiplient sur
la terre conquise, et bientôt des universités qu'ils se plairont
à fonder. Henri Beauclerc, fils de Guillaume, atteste par son
surnom des clartés remarquables pour l'époque (1). Il encou-
rageait les poètes et favorisait les savants, ecclésiastiques ou
laïques, voués à ce labeur inextricable de la Scolastique mais
qui n'en était pas moins une gymnastique vigoureuse pour
ces siècles adultes émergeant à peine des déluges de barbares.
On vit auprès des rois d'Angleterre se déployer des esprits
philosophiques tels que ceux de Lanfranc et de St Anselme;
on vit se produire des chroniqueurs sérieux et réfléchis, tels
que Guillaume de Malmesbury, Orderic Vital et Mathieu
Pâris. Il était poète lui-même et servait d'exemple aux trouvères de son temps ce Richard-Cœur-de-Lion qui remplit
l'Orient et l'Allemagne de ses aventures légendaires, être
complexe en qui se rencontraient et se combattaient toutes
les antithèses de l'époque, homme artificieux et loyal, tendre
jusqu'à la compassion féminine et impitoyable jusqu'à la
férocité. Ce Richard était poète et s'inspirait de notre poésie

---

(1) On lui a, sans preuves décisives du reste, attribué tantôt un
recueil de fables imitées d'Esope, tantôt un poème intitulé : *le Dictié
d'Urbain.*

de France; car il se sentait, par son origine et ses habitudes,
un véritable Français, issu d'un prince qui lui-même était
fils du comte Geoffroi d'Anjou, possesseur de la Touraine, du
Poitou, de la Saintonge, de l'Auvergne, du Périgord, du
Limousin, de l'Angoumois et de la Guyenne, de tous ces
riches pays français que les rois d'Angleterre préféraient
alors à leur royaume de frimas et de brumes (1). Autour de
lui la cour, les châteaux, les évêchés, les universités nais-
santes sont fidèles à l'esprit et à la langue de notre pays; la
législation est rédigée dans notre idiôme, et c'est surtout en
France que les jeunes nobles sont envoyés pour y être élevés
et pour s'y polir (2). Cependant des poètes recommencent à
écrire dans la vieille langue : cette langue subsiste toujours
en s'épurant sous l'influence de la langue française, qui ne
cesse d'y faire entrer ses mots et ses tournures, et toujours
également sous la prépondérance des idées et des pratiques
d'écrire usitées sur le continent. Ce que font entendre les
ménestrels, c'est de l'anglais francisé, quand ce n'est pas
tout simplement du français. D'ailleurs la langue anglaise
se forme à cette discipline, et le génie anglais profite de cette
initiation. Ne croyez pas qu'il lui ait été inutile de rester
ainsi pendant trois siècles à l'école du génie français. Plus
tard, quand ce même génie anglais, après son rayonnement
au XVIe siècle, semblera, sous Charles II, pencher vers la
décadence intellectuelle et surtout morale, il saura se remettre

---

(1) On trouve des Chansons et *Sirventes* du roi Richard dans les
chants historiques de Le Roux de Lincy (t. 1, p. 65). Raynouard
( choix, IV, p. 430).

(2) La trace de cet usage se retrouve dans le voyage de Laertes à la
cour de France, et les instructions de Polonius données à son fils.
( *Hamlet* ).

encore à la même école et devra à l'enseignement de notre xviiᵉ siècle la renaissance du goût et du style marquée par Dryden, Addison et Pope.

Tout ce travail de formation dans la poésie anglaise est curieux et mériterait d'être observé dans le détail. Pour n'en prendre qu'un aperçu, le roman de la Rose au xivᵉ siècle fait loi dans la Grande-Bretagne; les fabliaux s'y introduisent; les épopées les ont précédés. De ce triple courant d'héroïsme, d'esprit subtil et de raillerie satirique naît la poésie anglaise dans les mêmes conditions que la nôtre. N'a-t-elle pas sous les yeux des spectacles analogues ? La cour d'Edouard III est si bien une cour française que ce monarque peut, avec quelque vraisemblance, invoquer contre Philippe de Valois comme titre à la couronne de France, non-seulement les prétendus droits de sa mère Isabelle, sœur des derniers souverains de notre pays, mais la conscience qu'il a de ne pas être un étranger pour les mœurs françaises. A Windsor, comme à Paris, il y a des tournois, des cours d'amour et toute une école de chevalerie. Qui verrait les deux cours ne saurait discerner au premier aspect celle de Philippe de celle d'Edouard. Froissard le fait comprendre; il n'est, à ses allures, pas plus dépaysé auprès de la reine Philippa, femme d'Edouard, qu'il le serait auprès des princesses des fleurs de lys. Cette reine Philippa qui s'entourait d'un cortége d'artistes et paraissait sur les champs de bataille était bien la souveraine de ce monde chevaleresque, brillant et frivole, dont Charles d'Orléans sera plus tard chez nous le type le plus séduisant et le plus authentique. L'on s'explique ainsi qu'en 1415, fait prisonnier à Azincourt et pendant vingt-cinq ans captif en Angleterre, Charles d'Orléans, malgré ses poétiques doléances, se soit à la longue accommodé de son séjour forcé chez les Anglais. D'autre part, on peut s'expliquer, quoique avec réserves, la défection de Paris et de bien d'autres villes, dans la lutte du Dauphin contre les Anglais et les Bourguignons. Combien de partisans convaincus de l'Angleterre ne crurent se donner qu'à un monarque de leur sang et ne se confier qu'à un peuple ami. C'était une illusion coupable bientôt dissipée au contact des vainqueurs, mais je le répète, le roi Edouard et la reine Philippa, leurs successeurs et leurs courtisans, auraient pu faire durer ce malentendu qui entraîna la France du nord.

C'est dans cette cour pleine de jeux et de largesses où abondaient les tapisseries, les broderies, les riches habits, les belles montures, où l'hypocras coulait à flots sur les tables somptueuses, que naquit et se développa le premier grand poète de la langue anglaise, Jeffrey Chaucer. N'allez pas le demander à la retraite où s'élaborent les œuvres lentes et réfléchies. Chaucer est comme Froissard un poète expansif : la vie intérieure l'a absorbé. Favori du roi et de la reine, beau-frère du duc de Lancastre, ambassadeur et négociateur à plusieurs reprises, Chaucer tient dans son temps une place considérable ; lui aussi sera un écrivain fastueux, déployant l'opulence d'une imagination magnifique sur un fonds encore assez mince et assez ténu. Son imagination est pleine de fêtes, de pompes, d'apothéoses ; elle habite le pays des visions fantastiques et surnaturelles. Prodigue d'une érudition confuse, elle sème les allusions mythologiques, elle multiplie des palais et des temples où le moyen-âge semble donner rendez-vous à l'antiquité ; tantôt c'est un pèlerinage imaginaire à Cantorbéry où chaque pèlerin à tour de rôle débite une histoire à la façon de Boccace et de nos vieux conteurs. Tantôt c'est le Roman de la Rose que Chaucer paraphrase et qu'il imite du reste dans tous ses ouvrages. Il emprunte autant aux Français qu'aux Italiens ; Boccace lui fournit le sujet du conte d'Arcite et Palémon, chevaliers Thébains ; Jean de Meung lui suggère ses descriptions allégoriques. Ici, par exemple, s'ouvre l'oratoire de Vénus où la déesse apparaît ayant sur la tête une guirlande de roses fraîches à la suave odeur ; là, le temple de Mars avec ses piliers en fer et sa porte en diamants ; plus loin, l'édifice dédié à la Renommée, avec la déesse assise sur un trône d'escarboucles et environnée de tous les poètes anciens depuis Orphée jusqu'à Stace. Ailleurs le poète notera les nuances fugitives et rapides, le contraste de la feuille et de la fleur, des disputes d'oiseaux, ce que Michelet appelle « les chants d'avril et d'alouette de notre poésie naissante (1). » Plus loin la satire domine à la mode de Rutebœuf et des Gaulois mordants et moqueurs : une veuve toujours en quête d'époux, un moine mendiant, un huissier, nombre de maris en font les frais. Enfin, dans son poème de *Troilus* et *Cressida*, Chaucer devance Shakspeare par le choix du sujet en même temps que par la finesse des détails, il rivalise avec nos poètes. C'est le ton de l'amour, tel que nos vieux rimeurs l'ont toujours saisi, gracieux et fin, à demi-frivole, avec une larme furtive comme une gouttelette de rosée et toujours un sourire à fleur de lèvre.

Non loin de Chaucer, moins connu de nous, aussi célèbre à la même époque, fleurit Gower trop érudit mais parfois charmant dans ses ballades qui correspondent aux ballades de notre pays ; Occlève sentencieux et raffiné comme Alain Chartier et Christine de Pisan ; Lygdate qui fait pressentir le Maire de Belges par la richesse hâtive de sa versification et le pédantisme de ses réminiscences archaïques (2) ; Hawes,

(1) Histoire de France, t. IV, p. 278.

(2) Ce Lygdate a chanté les malheurs de Troie. Par moments, on dirait un Lycophron. Il avait rimé des légendes et des ballades, composé des mascarades et même des pantomimes sur des sujets héroïques et religieux (V. Guizot, Shakspeare et son temps).

Barcklay, deux faiseurs aussi d'allégories et de descriptions qui ont appris leur métier à notre enseignement. C'est un apprentissage par lequel passe la poésie anglaise : elle s'y est instruite à l'art d'écrire ; investie de cet art, elle pourra s'émanciper au XVI° siècle et s'affranchir de cette tutelle qui, comme toutes les tutelles, devait avoir un terme et un dénouement.

## IV

Quand le XVI° siècle s'ouvrit, la Renaissance, ce printemps de l'âme humaine, avait commencé à donner ses fleurs en Italie et en France. Les jeunes statues surgissaient de tous côtés avec les vieux chefs-d'œuvre exhumés ; les tableaux et les fresques étalaient de toutes parts le noble spectacle des lignes harmonieuses et la fête de la couleur florissante. Partout on surprenait des nids de sonnets et de canzone dans la mélodieuse Italie.

Cette Renaissance latine ne tarda pas à s'acclimater en Angleterre. Quelques poètes, d'abord imitateurs de Chaucer et de Gower, tournèrent leurs regards vers l'Italie, et grâce à eux l'art anglais, déjà doué des qualités françaises, s'enrichit de toutes les acquisitions florentines. Ils puisèrent à pleines mains dans cette opulence des Médicis et la dispensèrent à leurs concitoyens : ils conçurent à leur manière l'idée d'une Renaissance anglaise et cette Renaissance s'acheva et se détermina par leur génie. Elle s'établissait déjà autour d'eux par la transformation de la société. Le commerce et l'industrie s'accroissent alors jusqu'à faire comparer l'Angleterre à Tyr et à Sidon par les contemporains ; la marine s'installe en conquérante sur toutes les mers ; aux

cabanes succèdent les maisons, aux forteresses féodales,
les palais avec les dômes réguliers, les fines tourelles, l'or-
nementation multiple, les escaliers tournants, les terrasses,
les jardins où la statuaire intronise un peuple de héros et de
dieux. En même temps, la mode apparaît et, comme une
déesse encore incertaine de son empire, prodigue à flots la
soie, le satin, l'or, les rubans, les dentelles, les pierres pré-
cieuses, toute une poésie pour les yeux. Je ne parle pas
des fêtes qui, soit à la cour, soit dans les châteaux, de-
viennent autant de poèmes compliqués et éclatants (1). C'est
alors que naissent ces intermèdes poétiques inséparables
de toutes les réunions solennelles où le goût de la mytho-
logie se mêle au sens le plus musical de la poésie, ces intermèdes que l'on appellera des *masques* et qui, de Ben-Jonson
à Milton, constitueront un des genres les plus délicats et les
plus charmants de la poésie anglaise, bien supérieur aux
mascarades et aux cartels qu'inaugurent chez nous Mellin de
St-Gelais et Marot. Sous Henri VIII, sous Élisabeth, sous
Jacques Ier, ce ne seront que *masques* et féériques cérémonies
à la cour qui semble, à l'unisson des cours de Toscane et de
France, une sorte d'Olympe où règne la fantaisie impérieuse.
En dehors même de la cour et des châteaux, la Renaissance
se propage sous une forme populaire : là foule est saisie par
la passion de l'art dramatique qu'elle pratiquait déjà sous des
dehors grossiers. Ainsi les Anglais s'étaient longtemps com-
plu comme nos aïeux aux mystères et moralités ; ils ne se
plaisaient pas moins aux *pageants*, sorte de pantomime, et aux
représentations, données dans les villes par des confréries
et des corporations dans les assemblées de village par des ac-

(1) Consulter pour tous les détails de ces fêtes cet ouvrage :
*Nichol's progresses and public processions of Queen Elisabeth.*

teurs ambulants et souvent aussi par les paysans eux-mêmes,
comédiens improvisés. Le peuple anglais à cette époque déborde de sève et d'heureuse hilarité ; il a des fêtes continuelles,
pour la Noël douze jours de réjouissances. Il est gai comme
la nation française à laquelle il tient encore par tant de liens.
Plus tard, l'esprit normand s'amoindrissant, l'esprit saxon
reprenant la prépondérance, ce peuple ne sera plus gai, il ne
rira plus du rire largement épanoui, il ne connaîtra plus cette
passion artistique et insouciante pour la fiction dramatique.
L'Angleterre ne sera plus la joyeuse Angleterre, *Merry
England* ; elle sera ce que nous l'avons vue depuis, un
peuple de prose pratique et encore de haute poésie, mais en
aucune façon le peuple allègre et robuste qui a su produire
Chaucer, Surrey, Sidney, Shakspeare et les autres grands
poètes de la Renaissance si complets et si largement hu-
mains.

Nobles et puissants poètes si bien formés sous les auspices
de l'Italie ! Les premiers ont été au-delà des mers chercher
dans ce pays de Dante et de Pétrarque leur secret d'amour et de
poésie sonore et murmurante. Sir Thomas Wyatt, lord Berner,
lord Sheffield et, au-dessus de tous, Henri, comte de Surrey,
sont également les disciples des grands Italiens. Surrey chante
Géraldine comme Dante et Pétrarque avaient chanté Béatrice
et Laure. A travers Pétrarque et Dante ce Surrey, qui à
toute l'exactitude de l'esprit français joint la chaleur de
l'imagination antique, ressaisit pour transformer en faculté
ce qui n'était qu'un instinct, le profond sentiment lyrique
des vieux Anglo-Saxons qui reparaît alors, mais élevé à la
dignité de l'art. Parmi ces élégances toscanes et ces réminiscences d'Horace éclôt la « fleur du Nord » (1), la mélanco-

---

(1) **Brizeux,** *Ternaires.*

lie. Après Surrey, dont la vie romanesque finit par un coup de hache, vient Sidney : sir Philip Sidney, un voyageur encore, un humaniste aussi. Sidney, qui devait mourir sur un champ de bataille, invente l'*Arcadie*, un roman poétique pastoral, frère de l'*Astrée*, de même plein d'enchantements, de sentiments délicieux, de songes grandioses. Ici la vie est conçue comme un rêve qui se réalise en plein air, une poésie dans les bois, parmi des aventures chevaleresques et des causeries dignes du *Phèdre*. On peut, on doit concevoir un idéal plus fortifiant et plus sévère, mais on n'en saurait imaginer de plus noble et de plus charmant !

Plus poète encore que Sidney et que Surrey, Spenser, l'auteur de la *Reine des Fées*, se proclame l'amant de la vertu qu'il solennise sans cesse dans ses chastes strophes et de l'idéale beauté qu'il évoque à tout moment devant ses yeux éblouis. Ce gentilhomme de vieille maison, inhabile à la cour, et qui devait mourir de misère, est le plus sûr disciple que Platon ait formé chez les modernes. On dirait qu'il a fait partie de ce cortége d'âmes bienheureuses que le philosophe grec a vues avant leur chute dans les corps terrestres suivre fidèlement les éternelles Idées. Ce poète qui s'écrie : « O Muses, conduisez-moi dans la retraite sacrée où la vertu habite avec vous, berceau d'argent qui la cache aux hommes », c'est bien le fils de Platon, le jeune frère de Plotin. Son œuvre est le temple de la beauté pure, contemporaine de tous les âges : c'est là qu'au milieu des plus rares merveilles du paysage et de l'architecture les muses rencontrent les fées, les châtelaines se mêlent aux nymphes, les amazones aux paladins; toutes les mythologies et tous les héroïsmes, toutes les grâces et toutes les grandeurs y fraternisent. On sent partout l'élan sincère et spontané d'un enthousiaste dont l'âme innocente est sans cesse adonnée au bonheur de contempler des visions idéales, à la grande joie désintéressée d'admirer, de glorifier et de bénir.

D'ailleurs à la même époque, avec moins de puissance d'invention et de chaleur d'imagination, mais avec une intuition de l'antiquité non moins vive et un sentiment de l'art non moins exquis, Ronsard et ses amis atteignaient ces conceptions platoniciennes de l'amour et de la beauté. Les Anglais ne s'y trompaient pas : ils glorifiaient fraternellement les lyriques de notre pléiade, et l'on vit alors Spenser invoquer dans ses rimes d'or « la vision de du Bellay », et bientôt après Sylvester traduire la *Semaine* de du Bartas aux applaudissements de ses concitoyens.

## V.

On sait quels protecteurs de l'art nos poètes ont alors rencontrés chez les Valois. Les Tudors n'ont pas moins fait pour la même cause ! Poètes lyriques ou dramatiques, tous sont vaillamment secondés par la collaboration du public nécessaire au poète et surtout par l'entente d'une dynastie et d'une aristocratie passionnément éprises des lettres et de la poésie. La reine Elisabeth donna la plus active impulsion au zèle des études et de l'art dramatique ; elle excitait les grands à se composer de riches bibliothèques : elle les piquait d'émulation en leur montrant autour d'elle les plus grandes dames de la cour, les filles d'honneur elles-mêmes, adonnées au grec et au latin, rédigeant des livres et des traductions. Entourée de politiques, de généraux, de jurisconsultes, de marins illustres, de diplomates, de théologiens, protectrice de Bacon et de Raleigh, Elisabeth prodigue sa royale sympathie aux poètes qu'elle défendit au besoin contre les inquiétudes jalouses de la Réforme et les susceptibilités du puritanisme naissant. « Loin d'arrêter les développements de l'art dramatique nous dit M. Alfred Mézières, elle les favorisa par goût et par intérêt, sensible à la gloire littéraire qui en rejaillissait sur son règne et heureuse de voir la brutalité native de la race anglo-saxonne adoucie par des distractions plus nobles que celles que lui avaient procurées ses prédécesseurs. Comment ce grand, ce vigoureux esprit n'eût-il pas compris que le génie d'un Marlowe et d'un Shakspeare élevait la nation anglaise au niveau des peuples les plus civilisés, répandait jusque dans les classes inférieures le sentiment de l'art, et, sans aucun danger pour la puissance royale, éveillait dans les cœurs des émotions profondes (1) ? »

Elisabeth avait autorisé la première l'établissement d'un théâtre régulier : elle investit du droit de jouer une compagnie d'acteurs au service du comte d'Essex et surtout elle étendit à d'autres compagnies la même franchise; elle se forma une troupe exclusivement vouée à la cour avec les enfants de chœur de la chapelle royale, de la cathédrale de Saint-Paul et de l'abbaye de Westminster. Jacques Ier ne favorisa pas moins le théâtre; il le soutint en Ecosse, il le protégea spécialement en Angleterre, attachant à sa personne la troupe dirigée par Shakspeare, et plaçant d'autres troupes sous le patronage des princes de sa famille.

Autour de Shakspeare qui va surgir comme un soleil après les lueurs de l'aurore, s'élevaient des poètes tragiques d'ordre éminent, et qui seraient célèbres en dehors de l'Angleterre si Shakspeare n'avait pas existé. Tous ces poètes ont l'âme héroïque et la divination de l'antiquité d'un Spenser ou d'un Sidney. C'est Marlowe qui dresse avant Gœthe la

_____

(1) A. Mézières, *Contemporains et successeurs de Shakspeare*, 1861.— Charpentier, p. 3.

grande figure de Faust et qui prête à son héros tant de rêves sublimes et d'imaginations ailées que le génie seul de Gœtho pourra dépasser ses conceptions ; c'est Greene dont le style se nuance de toutes les teintes de l'églogue antique ; c'est Beaumont et Fletcher qui portent encore plus loin l'élégance de la diction et l'éclat de la pensée ; c'est Marston et Webster puissants dans la passion et dans l'horreur ; c'est Massinger, aussi énergique que gracieux, et que notre Alfred de Musset a plus d'une fois imité ; c'est surtout le contemporain et presque le rival de Shakspeare, Ben-Jonson, le véhément habitué du club de la Sirène, qui joint à toute la fougue d'une invention lyrique tout le savoir d'un cicéronien, la haute intelligence de l'histoire et la vigueur d'un moraliste, qui fait sortir du même cerveau les graves tragédies de *Séjan* et de *Catilina* et des *masques* aériens et subtils, et qui sait marier aux pages enflammées du *Volpone* des pages aussi fraîches et aussi parfumées que la plainte funèbre sur la mort de la vierge Earine.

Au-dessus de tous ces talents apparaît Shakspeare, c'est-à-dire le génie. C'est en Shakspeare que semble à première vue se concentrer et se résumer tout le travail accompli dans la poésie anglaise depuis la venue de Chaucer. Sans doute il allie tout le sentiment antique et méridional d'un homme de la Renaissance à l'énergie véhémente et à la sérieuse mélancolie d'un Anglo-Saxon, et pourtant ce n'est pas Shakspeare qui nous paraîtrait donner la véritable mesure de la poésie anglaise. L'oserai-je dire ? Shakspeare me semble trop universel pour incarner la poésie de son pays que je crois avant tout une œuvre de conciliation entre le génie des races latines et le génie des races germaniques, si bien que Spenser, Sidney, Ben-Jonson et plus tard, Milton et plus près de nous Byron et Shelley me paraissent répondre plus exactement au développement littéraire de leur patrie que le Titan

qui les dépasse de cent coudées. En d'autres termes Shakspeare excède et déborde les limites d'une littérature et d'une
nation. Avant d'appartenir à l'Angleterre Shakspeare appar-
tient à l'humanité.

Cependant, s'il ne donne pas ce que l'on pourrait appeler
la moyenne du génie anglais, comme il en exprime certains
caractères avec une puissance et une force admirables !
Comme il s'est emparé de ce sentiment commun aux peuples
germaniques, de cette inquiétude d'immortalité, de ce pres-
sentiment d'infini qui, depuis l'Edda, n'a cessé de posséder
les imaginations septentrionales ! Shakspeare est sollicité
jusqu'au frémissement par les problèmes de la mort avant
même de creuser la vie ; il va demander au surnaturel les
symboles du châtiment et de la conscience justicière ; et c'est
ainsi qu'il a vu se promener le fantôme du père d'Hamlet
sur la plate-forme d'Elseneur et l'ombre de Banquo s'asseoir
vengeresse au festin de Macbeth. Quand de ces gouffres où
il plonge Shakspeare remonte au niveau de la vie, quels
autres abîmes ne découvre-t-il pas et n'éclaire-t-il point au
fond de l'âme humaine ? Avec quelle pénétration égale à
toutes les psychologies il sonde les consciences les plus
impénétrables, les âmes perverses d'Iago, d'Angelo, de Ré-
gane, les âmes perverties de Macbeth et de Shylock. Soit
qu'il devine la politique romaine ou qu'il fasse renaître
l'histoire nationale , son drame est une résurrection. Il
prend des personnages obscurs perdus dans l'oubli d'une
chronique, et avec cette poussière des siècles il refait des
êtres vivants, créateur d'âmes ! Et que d'âmes il a créées,
types impérissables de vices ou de vertus sans nombre ! Non-
seulement les scélérats se dénoncent à son appel et nous
trahissent les replis de leur être comme ces cavernes des
monstres antiques ouvertes par une main divine à la lueur

révélatrice du jour (1) ! Mais combien encore d'âmes blanches
et candides il nous a révélées dans toute leur angélique
beauté : c'est Cordélie, cette sœur de l'Antigone grecque ;
Imogène et Portia, ces types de tendresse conjugale, qui se
placent entre l'Alceste d'Euripide et la Pauline de Cor-
neille ; c'est l'Isabelle de *Mesure pour Mesure*, cette victime
volontaire de la dignité féminine ; Miranda, cette Eve innocente qui semble s'éveiller à la vie et à l'amour. Ailleurs il
nous tracera des types plus débiles, mais sympathiques et
touchants, tels que Juliette, Desdémone, Ophélie, fleurs
brisées par le vent d'orage, ou bien encore il illustrera le
dévouement sous les traits de Macduff, du vieux Kent, ou la
grandeur d'âme qu'il nous fait admirer dans Brutus ou dans
Hotspur.

Comme cette poésie est fertile en nobles enseignements,
en hautes leçons de morale ! Loin de nous, cette opinion
qu'on a tenté de faire prévaloir et qui ne tendrait pas moins
qu'à assimiler Shakspeare à l'une de ces forces de la nature
que les poètes nous ont représentées tant de fois aveugles et
indifférentes, ouvrières insoucieuses du bien et du mal. Non,
Shakspeare n'est pas atteint de cette insensibilité panthéis-
tique à laquelle on a osé le réduire. Il sait discerner le mal
qu'il châtie toujours du bien qu'il fait triompher tant de
fois et que toujours il peint avec sympathie et même avec
amour. Avec quelle insistance il a glorifié la vertu dans le
dernier type qu'il a créé, dans le type où il a, pour ainsi dire,
personnifié son expérience et sa sagesse, le Prospéro de la
*Tempête*. Dans cette comédie si calme et si bienfaisante,
Shakspeare a voulu, en quelque sorte, conclure par la séré-

(1) At specus et Caci detecta apparuit ingens
   Regia et umbrosæ penitus patuere cavernæ.
                              (Virg., *Enéide*. L. VIII, v. 241-42.)

nité. Son dernier mot est indulgence, sa pensée suprême est
une pensée de miséricorde. C'est donc une idée chrétienne
et philosophique qui sert de couronnement à l'œuvre shaks-
pearienne. Décisive réponse à ceux qui ont pu croire ou
soutenir qu'un tel génie pouvait avoir fait divorce avec la
conscience et s'être volontairement séparé de la vertu !
Réjouissons-nous au contraire d'admirer dans un si grand
poète un aussi grand moraliste et de confirmer une fois de
plus, par un tel exemple, l'indissoluble union du bien et du
beau !

## VI.

Shakspeare, avec ses défauts qui tiennent de son époque
et son génie qu'aucun autre temps n'a surpassé, me paraît
donc, avant tout, un être d'exception. Pour retrouver le type
véritable du génie poétique anglais, il faut, quand on a
quitté Spenser et Ben-Jonson, attendre et laisser de côté les
talents secondaires pour rencontrer enfin Milton. Si Shakspeare, comme nous l'avons dit, relève surtout du genre
humain, Milton demeure à notre avis le plus grand poète de
l'Angleterre. Il exprime plus complètement le génie national
qu'aucun de ses prédécesseurs. Car, non content d'allier à
toute la profondeur mélancolique des Saxons la justesse et la
vigueur d'esprit des Normands et d'y joindre encore la riche
imagination d'un homme de la Renaissance, il y mêla un
élément de poésie inconnu à ses devanciers et qui ne
pouvait s'introduire qu'à la suite d'un mouvement de vie
religieuse dans un pays, le sentiment biblique. C'est que
depuis les poètes platoniciens un grand fait historique s'était
produit, la Réforme !

La Réforme, en livrant pour la première fois la Bible à

tous les fidèles sans distinction, avait ouvert aux poètes le
monde de la poésie hébraïque. Milton fut le premier qui
pénétra dans ce nouveau monde et qui en prit possession.
Jusqu'à lui, la lecture passionnée de la Bible n'avait suscité
que des sectaires, des apôtres et des martyrs ; un poète devait en naître, et ce poète fut Milton. La grande nouveauté
qu'il apporta fut l'alliance du sentiment biblique avec la
poésie du xvi° siècle.

Milton appartenait à cette secte des Puritains qui grandit
contre l'anglicanisme, seconde réforme bientôt hostile à la
Réforme officielle. Ces Puritains qui, maîtres du pouvoir,
interdirent les représentations théâtrales, ne s'attendaient
pas à compter un poète dans leurs rangs. Ils eurent cette
fortune inespérée de trouver un grand poète qui sut rester
artiste en demeurant puritain et concilier ces deux choses
alors inconciliables en Angleterre, un zèle fougueux de l'in-
terprétation biblique avec une intelligence passionnée de la
culture antique et de la poésie nationale.

Ainsi par ce fait unique qu'il réunit ce triple sentiment
poétique, archaïque et chrétien, Milton nous apparaît comme
le plus exact représentant du génie anglais. C'est à ce titre
que nous l'avons choisi pour objet de notre première étude.
Avec Milton, nous comptons mettre sous vos yeux d'abord
le type du poète le plus complet et le plus pondéré qu'ait
produit l'Angleterre, ensuite la figure d'un des hommes qui
ont le plus mérité le grand nom de poète par l'entière res-
semblance de leur œuvre et de leur vie et l'élévation à
laquelle ils ont maintenu leur talent et leur caractère.

Milton a dit quelque part : « La vie du poète doit être un
poème. » On ne saurait poser un principe avec plus de
décision et de fierté. Hâtons-nous de dire que Milton l'a
vérifié dans toute sa plénitude. D'une inébranlable fermeté
dans les opinions de toute sa vie, d'une irréprochable pureté

dans ses œuvres de jeunesse, d'un désintéressement sans pareil dans sa carrière virile, d'une constance admirable dans sa vieillesse chargée de misères, l'interprète inspiré du Puritanisme fut jusqu'à la dernière heure partout et en toute chose le poëte qu'il avait rêvé, c'est-à-dire l'homme qui construit et règle sa vie sur son Idéal intérieur. Peu d'écrivains, même parmi les plus grands, nous ont habitués à une aussi rigoureuse identité. Le plus souvent les poètes déploient dans leur œuvre avec une bonne foi parfaite le mensonge d'un Idéal fictif qu'ils démentent à tous les moments de leur existence. Tel ne se dévoile pas Milton, égal et semblable à lui-même dans sa vie privée et dans son œuvre écrite. Car, de même qu'on ne pourrait se figurer une moralité plus constante, on ne saurait imaginer une inspiration plus soutenue. Le génie de Milton n'a jamais cessé de viser à la grandeur et de s'en rapprocher à chacun de ses élans. De poëme en poëme, il semble gravir des hauteurs invisibles et s'élever de sommet en sommet sur des ailes de feu dans une ascension de lumière.

Je me suis donc proposé, par le choix de Milton, de choisir un exemple, l'homme aussi bien que le poëte et, quand je parle de l'homme, ce n'est point du partisan de Cromwell ou du puritain que je veux parler ; car j'estimerai toujours de mon devoir de laisser de côté tout ce qui chez mes auditeurs pourrait exciter des controverses étrangères à l'art et à la science ; mais je ne crains pas d'honorer hautement l'enthousiaste fidèle à toutes ses convictions, le stoïque prêt à tous les sacrifices pour ses croyances. Je ne m'empresserai pas moins de citer en guise de modèle le poëte qui a constamment maintenu son art dans les régions du sublime au lieu de l'abaisser au goût éphémère de l'époque, et qui n'a jamais douté du travail ni désespéré de la postérité.

Il n'est pas sans intérêt de présenter un tel modèle en des

temps de défaillances où les caractères sont plus rares que les talents. A tous ceux qui s'oublient et qui s'abandonnent il faut opposer des exemples d'un enseignement quotidien et d'une perpétuelle beauté. L'exemple de Milton est de cette nature. S'il nous venait de l'antiquité, nous en serions imbus et pénétrés depuis l'enfance et pourtant il serait opportun de ne plus se limiter uniquement aux leçons, d'ailleurs excellentes, que les anciens nous suggèrent. L'heure est venue de demander au moyen-âge et aux temps modernes les exemplaires de grandeur qu'ils contiennent en abondance. S'il naissait un nouveau Plutarque, comme il y recueillerait d'amples et glorieux documents !

Rappelons-nous à ce propos que Henri IV, ce prince patriote, faisait sa lecture favorite de Plutarque, et qu'il y surprit plus d'une fois, dans ses découragements passagers, le cordial qui réchauffe le sang et retrempe notre âme pour les mâles résolutions. Nous tous qui, dans notre mesure, avons à refaire en petit l'œuvre du Béarnais, c'est-à-dire à concourir, chacun dans notre humble sphère, au relèvement et au bien de notre patrie, nous devons mettre et garder sous nos yeux comme un Plutarque moderne, pour nous raffermir fréquemment par la contemplation des grands hommes de l'Histoire et des Lettres. Ces grands hommes sont en nombre dans notre pays, mais il faut savoir aussi, soit dans un esprit de justice, soit dans l'intérêt de notre instruction, les chercher et les trouver chez les autres peuples. J'espère ainsi, cette année, vous faire reconnaître et admirer, dans la personne de Milton, un des types les plus incontestables de cette famille héroïque et sacrée.

16.

www.ingramcontent.com/pod-product-compliance
Lightning Source LLC
Chambersburg PA
CBHW060909180626
46818CB00004B/1886